AF396603

NOTICE

D'UNE EDITION

DE LA DANSE MACABRE,

Antérieure à celle de 1486, et inconnue aux Bibliographes;

Par M. CHAMPOLLION-FIGEAC.

PARIS,

DE L'IMPRIMERIE DE J. B. SAJOU,

Rue de la Harpe, n.° 11.

1811.

Extrait du Magasin Encyclopédique (Décembre 1811), Journal pour lequel on s'abonne chez J. B. Sajou, imprimeur, rue de la Harpe, n.º 11.

NOTICE

D'une Edition de la Danse Macabre, *antérieure à celle de* 1486, *et inconnue aux Bibliographes.*

L'HISTOIRE littéraire de la France a recueilli le titre d'un grand nombre d'ouvrages en vers, appartenants aux trois siécles qui ont précédé celui de la renaissance des Lettres en Europe. Dans ces temps d'une iguorance assez universelle, d'erreurs et de préjugés, qu'a dissipés la raison humaine éclairée par le flambeau des sciences, on remarque une manie générale de tout écrire en vers; on trouve en effet des Traités sur divers points de Théologie, quelques parties de la Dialectique, les Leçons de la Morale, les Règles de l'Art d'écrire, les Romans et l'Histoire également écrits en vers rimés; et l'on voit ce goût alors dominant se soutenir encore au commencement du seizième siécle; mais des études plus réfléchies lui firent perdre toute son influence, et il disparut entièrement lorsqu'on eut bien compris qu'en littérature il ne falloit rien de nouveau, et que les écrits des anciens étoient des modèles qu'il falloit imiter.

Parmi les pièces morales qui appartiennent aux temps dont nous venons de parler, on remarque, pour sa singularité, *la Danse Macabre.*

Un auteur inconnu a réuni sous ce titre un Recueil de figures représentant la Mort sous la forme d'un squelette humain animé, qui surprend des personnages choisis dans les divers états de la société, depuis le pape jusqu'au laboureur. Chaque tableau est composé de deux personnages; l'un d'eux appartient ordinairement à l'ordre ecclésiastique: ainsi le premier tableau représente le Pape et l'Empereur; dans le second, on voit le Cardinal et le Roi, et ainsi des autres. Chacun de ces divers sujets est accompagné de deux strophes composées en vers français rimés: la première est le discours de la Mort au personnage qu'elle entraîne, et la seconde est la réponse que la Mort reçoit; ainsi chaque gravure, contenant deux sujets, est accompagnée de quatre strophes de huit vers chacune.

Ces tableaux sont gravés sur bois; leur format est le petit in-folio du quinzième siècle, et leur nombre varie dans les diverses éditions qui en ont été faites.

Sous le n.º 3109 de sa *Bibliographie,* Debure en a indiqué une ainsi: « La grant « Danse Macabre des hommes et des femmes,

[5]

« représentée par des figures gravées en bois;
« avec le texte latin et des explications com-
« posées en rime françoise, et attribuées à
« Michel Marot : plus, le débat des trois
« Morts et des trois Vifs, et la complainte
« de l'ame damnée; le tout en rime fran-
« çoise. *Paris, Guyot Marchant, 1486, in-*
« *fol. gothique.* »

A cette indication, qui n'est pas le titre
de l'ouvrage, Debure ajoute : *édition très-*
rare et la première de ce livre.

Il contient cinq ouvrages bien distincts
l'un de l'autre; 1.º *la Danse Macabre*
nouvelle, 24 pages; 2.º *les Dis des trois*
Morts, 6 pages; 3.º *la Danse Macabre des*
femmes, 14 pages; 4.º *le Debat d'un corps*
et d'une ame, 13 pages; 5.º *la Complainte*
de l'ame dampnée, 2 pages. Les trois der-
nières pièces ont été imprimées ensemble,
pour composer un même volume, comme
l'indique la souscription qui porte la date
du 7 juillet 1486; les deux premières pièces
ont été imprimées à la suite l'une de l'autre, et portent la date du 7 juin 1486; le
volume qui renferme ces cinq pièces contient donc deux Recueils différens, imprimés
à un mois d'intervalle, et Debure n'a pu les
réunir sous un même numéro qu'en raison
de l'analogie du sujet et de l'exécution. Le
Recueil, imprimé le 7 juin, qui contient les

deux premières pièces, étant seul relatif au sujet de ce Mémoire, nous ne parlerons plus des autres que par occasion.

Nous avons déja dit que le Recueil qui contient *la Danse Macabre* et *les Dis des trois Morts*, fut imprimé et publié en 1486 : le titre qui leur est commun est ainsi conçu :

> Ce present livre est appelé Miroer
> salutaire pour toutes gens : Et de
> tous estats. et est de grant utilite :
> et recreacion. pour pleuseurs ensèn
> gnemens tant en latin comme en
> francoys lesquelx il contient. ainsi
> compost pour ceulx qui desirent ac
> querir leur salut : et qui le voudront
> avoir.

On lit à la fin du volume (à la fin des *Dis des trois Morts*) cette souscription :

> Cy finit la danse macabre hystoriée augmē
> tee de pleuseurs nouveaux pârsonnages et
> beaux dis. et les trois mors et trois vif emsē
> bles. nouvellement ainsi composee et impri
> mee par Guyot Marchant demorant a Paris
> ou grant hostel du college de Navarre en
> champ Gaillart Lan de grace mil quatre cent
> quatre vingz et six le septieme iour de iuing —

[7]

C'est cette édition que tous les Bibliographes
ont regardée comme la première de cet ouvrage, et elle est indiquée comme telle dans
tous leurs écrits anciens et modernes. On auroit pu douter de cette priorité, si l'on avoit
fait attention que le titre de l'édition de 1486
porte : *la Danse Macabre* NOUVELLE. Ce dernier mot fait supposer nécessairement qu'il
y avoit eu une Danse Macabre antérieure ;
le contenu de la souscription que nous avons
rapportée, auroit pu servir aussi à appuyer
cette conjecture ; on y lit en effet que cette
Danse Macabre *nouvelle* est *augmentée de
plusieurs nouveaux parsonnages*, et qu'elle
a été *nouvellement ainsi composée et imprimée par Guyot Marchant*. Ces deux indi-
cations, assez précises par elles-mêmes, sont
aujourd'hui confirmées par l'existence d'une
édition de la Danse Macabre qui porte la
date de 1485 ; elle est par conséquent antérieure à celle de 1486 ; et celle-ci se trou-
vant ainsi être celle de 1485, elle est donc in-
contestablement la première.

Elle appartient à la bibliothéque publique
de Grenoble. M'occupant du catalogue de ses
nombreux manuscrits, je trouvai ce livre
relié dans un Recueil de pièces en vers français, manuscrit in-folio du quatorzième et
du quinzième siécles. Elle attira mon atten-
ion ; après l'avoir examinée et comparée aux

descriptions bibliographiques, je ne doutai point d'abord qu'elle ne fût inconnue, et j'en fus certain ensuite, lorsque j'eus consulté l'un de nos plus savans bibliographes, M. Van Praet, conservateur des livres imprimés de la Bibliothéque impériale, dont l'extrême obligeance est connue de toutes les personnes qui fréquentent ce riche dépôt littéraire : M. Van Praet eut la bonté de répondre, le 27 janvier 1811, à une lettre que je lui avois écrite à ce sujet. Il me confirma dans mon opinion, en ajoutant que la Bibliothéque impériale, qui réunit une si grande quantité de monumens typographiques, ne possède pas cette édition de la Danse Macabre.

Elle est composée de deux cahiers formant dix feuillets et 20 pages, format petit in-folio, sans chiffres, signatures ni réclames. Les planches ont été gravées sur bois; les vers français sont imprimés en gros caractères gothiques. Le titre manque; on lit à la fin, au *recto* du dernier feuillet, cette souscription :

> Cy finit la dāse macabre imprimee
> par ung nomme Guy Marchant de
> morant au grāt hostel du college de
> Nauarre en champ Gaillart a Paris
> Le vint huitisme iour de septembre
> Mil quatre cēt quatre vingz et cinq —

Les planches et les caractères de cette première édition servirent ensuite à la seconde; ils sont en effet les mêmes dans les deux. Dans celle de 1485, les gravures sont au nombre de dix-sept; on en compte vingt-trois dans celle de 1486; c'est donc avec vérité que Guyot annonçoit, dans la souscription de celle-ci, qu'elle étoit *augmentée de plusieurs nouveaux parsonnages et beaux dis :* le rapprochement des sujets des deux éditions le prouve encore mieux.

Ordre des Sujets :

Edition de 1485.	*Edition de 1486.*
1. Lacteur.	1. Lacteur.
	2. (Quatre morts formant un orchestre.)
2. Le pape. Lempereur.	3. Le pape. Lempereur.
3. Le cardinal. Le roy.	4. Le cardinal. Le roy.
	5. Le légat. Le duc.
4. Le patriarche. Le connestable.	6. Le patriarche. Le connestable.
5. Larchevesque. Le chevalier.	7. Larchevesque. Le chevalier.
6. Levesque. Lescuier.	8. Levesque. Lescuier.
7. Labbe. Le bailly.	9. Labbe. Le bailly.
8. Le maistre. Le bourgois.	10. *Lastrologien.* Le bourgois.
9. Le chanoine. Le marchant.	11. Le chanoine. Le marchant.

Edition de 1485.	*Edition de 1486.*
	12. Le maistre descole. Lomme darmes.
10. Le chartreux. Le sergent.	13. Le chartreux. Le sergent.
11. Le moinne. Lusurier. Le pouve home.	14. Le moinne. Lusurier. Le pouve home.
12. Le médecin. Lamoreux.	15. Le médecin. Lamoureux.
13. Ladvocat. Le menestrel.	16. Ladvocat. Le menestrel.
14. Le cure. Le laboureur.	17. Le cure. Le laboureur.
	18. Le promoteur. Le geolier.
	19. Le pelerin. Le bergier.
15. Le cordelier. Lenfant.	20. Le cordelier. Lenfant.
16. Le clerc. Le hermite.	21. Le clerc. Le hermite.
	22. Lhallebardie. Le sot.
17. Ung roy mort. Lacteur.	23. Lacteur, (et le roi mort.).

L'édition de 1486 fut donc augmentée des planches qui représentent quatre Morts formant un orchestre, n.º 2; le Légat et le Duc, n.º 5; le Maître d'école et l'Homme d'armes, n.º 12; le Promoteur et le Geolier, n.º 18; le Pélerin et le Berger, n.º 19; le Hallebardier et le Sot (le Fol), n.º 22. Ces six tableaux, qui contiennent dix nouveaux personnages, manquent dans l'édition de 1485.

Dans l'une et dans l'autre, l'auteur est figuré

sur le *recto* du second feuillet, assis devant
un pupître chargé de livres et de rouleaux
manuscrits. Devant lui un Ange déploye cette
sentence :

Hec pictura decus: pompam. Luxumque relegat :
Inque choris nostris ducere festa monet.

Au dessous de la figure, ces vers servent
de préface :

O créature roysonnable
Qui desires vie éternelle.
Tu as cy doctrine notable :
Pour bien finer vie mortelle.
La dance macabre s'appelle :
Que chascun à danser apprant,
A l'homme et femme est naturelle.
Mort n'espargne petit ne grant.
En ce miroer chascun peut lire
Qui le convient ainsi danser.
Saige est celuy qui bien si mire.
Le mort le vif fait avancer.
Tu vois les plus grans commancer
Car il n'est nul que mort ne fiere :
C'est piteuse chose y panser.
Tout est forgié d'une matière.

Le même auteur termine son ouvrage par
une moralité écrite dans un rouleau que

montre encore un Ange, et qui indique avec le doigt l'auteur assis devant une armoire pleine de livres. Celte moralité est en latin, et retracée en neuf lignes et demie qui remplissent la partie du rouleau dépliée : mais elle se compose de 14 vers qui doivent être lus ainsi :

Mortales dominus cunctos in luce creavit,
  Ut capiant meritis gaudia summa poli.
Felix ille quidem qui mentem jugiter illuc
  Devigit, atque vigit noxia quaque cavet.
Nec tamen infelix sceleris quem pœnitet acti,
  Quique suum facinus plangere sæpe solet.
Sed vivunt homines tanquam mors nulla sequatur,
  Et velut infernus fabula vana foret ;
Cum doceat sensus videntes morte resolvi,
  Atque erebi pœnas pagina sacra probet ;
Quas qui non metuit infelix prorsus et amens
  Vivit et extinctus sentiet ille rogum.
Sic igitur cuncti sapientes vivere certent
  Ut nihil inferni sit metuenda palus.

L'arrangement de ces vers est le même dans les deux éditions. Comparée à la première, celle de 1486 offre dans les strophes françaises quelques différences d'orthographe, quelques changemens de mots ; ce qui prouve qu'elle est une réimpression revue, corrigée et augmentée. Elle se distingue essentiellement de la première par des sentences latines, en vers ou en prose, placées au dessus de la gravure ; elles sont ordinairement prises des Livres Saints ; quelquefois ce n'est qu'une paraphrase de quelques versets dont le sens est analogue au sujet de la gravure. Ces sentences latines manquent dans l'édition de 1485.

Il résulte de sa description, que celle de 1486 doit être considérée comme la seconde. La même année, la Danse Macabre des femmes fut composée et imprimée pour la première fois ; on n'y voit que trois gravures, c'est-à-dire, *l'Acteur*, *l'Orchestre des Morts*, et *la Royne et la Duchesse* ; viennent ensuite les strophes rimées, sans planches, relatives à trente-deux femmes de diverses conditions. On ne trouve les gravures que dans la seconde édition de cette même Danse Macabre des femmes, imprimée par le même Guyot en 1491, le 2 mai ; et le nombre des personnages y est augmenté de *la Bigotte* et *la Sotte*, et de quatre sujets isolés, le tout accompagné de sentences latines. Dans toutes les éditions postérieures, la Danse Macabre des hommes et celle des femmes sont réunies dans un même volume. L'ordre chronologique de leurs éditions est déterminé de la manière suivante :

1.° 1485, 28 septembre, la Danse Macabre

des hommes. (Paris, Guyot), in-folio, première édition.

2.º 1486, 7 juin, la Danse Macabre des
hommes. (Paris, Guyot), in-folio, seconde
édition.

3.º 1486, 7 juillet, la Danse Macabre des
femmes. (Paris, Guyot), in-folio, première
édition.

4.º 1491, 2 mai la Danse Macabre des
femmes. (Paris, Guyot), in-folio, seconde
édition.

5.º Avant 1500 (sans date), la Danse Macabre des hommes et des femmes. (Troye,
Nicolas Le Rouge), in-folio, première édition des deux Danses réunies.

6.º 1503, la Danse Macabre des hommes
et des femmes, in-4.º. (Genève), seconde
édition.

7.º 1589, la Danse Macabre des hommes
et des femmes. (Paris), in-8.º, troisième édition.

On regarde comme certain que ces deux
ouvrages ont été composés par le même auteur; mais on en ignore le nom, et il est
bien difficile de se fixer sur quelques-uns
des nombreux rimeurs français du quinzième
siécle. On les attribue, je ne sais sur quel
fondement, à Michel Marot. On reconnoîtra
la fausseté de cette conjecture, lorsqu'on fera
attention que Clément Marot, père de Michel,

auteur prétendu des Rimes françaises de la Danse Macabre, est né vers 1484, et que la Danse Macabre, avec les rimes, a été imprimée en 1485. Elles ne peuvent donc pas être attribuées à Michel Marot qui n'étoit pas né.

Nous ferons remarquer qu'on lit dans la souscription de la seconde édition de la Danse Macabre des hommes (1486), qu'elle a été *composée et imprimée* par Guyot Marchant; il semble que Guyot se donne pour l'auteur de l'ouvrage; et, comme il a aussi publié en 1486 la première édition de la Danse Macabre des femmes, il pourroit être considéré comme l'auteur de l'une et de l'autre, si d'ailleurs il se plaçoit parmi les poètes du temps par quelqu'autre pièce connue: toutefois nous n'avons pas cru devoir négliger cette indication qui pourra peut-être servir à lever le doute qui existe sur le nom de l'auteur de ces deux singuliers ouvrages.

Pour le trouver, quelques personnes se sont arrêtées au mot *Macabre* du titre, et y ont cherché le nom de l'auteur; mais il n'y a point de doute qu'on ne doive adopter, sur le sens de ce mot, l'heureuse conjecture de M. Van Praet; il y voit le mot arabe qui signifie *cimetière;* et, en effet, *maqbarah, maqbourah* et *maqabir* ont ce sens en arabe; la Danse *Macabre,* mot corrompu de *maq-*

barah signifie donc régulièrement *la danse du cimetière*, et plus généralement *la danse des morts*.

On connoît, sous cette désignation, un Recueil de tableaux, que Jean Holbein peignit à fresque à Bâle, vers la fin du quinzième siécle. Les rapports existans entre la Danse des Morts de Holbein et la Danse Macabre de Guyot, sont évidens : tous les personnages de celle-ci se trouvent dans les tableaux de Holbein ; elle a encore beaucoup plus de rapport avec la Danse Macabre gravée dans le *Momeston Anglicanum* (tome 3, p. 367 et suiv.) : on n'y voit qu'une seule planche ; mais les premiers personnages sont une copie des gravures de Guyot, et les strophes an-gloises sont une traduction exacte des rimes françaises ; d'où l'on peut conclure que l'une des deux Danses Macabres dont nous parlons a été faite sur l'autre ; celle d'Angleterre est due à Jean Porey qui est inconnu dans toutes les Biograghies. La Danse Macabre française paroît être antérieure aux compositions de Porey, qui contiennent quelques strophes de plus, relatives à des personnages étrangers à la Danse Macabre française de 1485 et à celle de 1486.

Celle qui a été le sujet de ce Mémoire pa-roît donc être l'ouvrage original qui a été ensuite copié en divers temps et en divers lieux, et l'exemplaire de la bibliothéque de Grenoble est d'autant plus précieux, qu'il est le seul connu. Il nous a paru utile d'annoncer son existence, et de le décrire. Nous aurons encore l'occasion d'entretenir les amateurs de raretés bibliographiques, de quelques autres ouvrages non moins intéressaus qui appartiennent à la même bibliothéque, l'une des plus riches et des plus nombreuses bibliothéques publiques de département.

www.ingramcontent.com/pod-product-compliance
Ingram Content Group UK Ltd.
Pitfield, Milton Keynes, MK11 3LW, UK
UKHW021053120726
13693UKWH00006B/2597